Le cOq glo

GW00362335

Texte de Robert Giraud

Illustrations de Gérard Franquin

À Pierre-Louis, pour qu'il en prenne de la graine…

R. G.

Père Castor ▪ Flammarion

La fille de la fermière venait
de jeter du grain pour la volaille.
Les mains sur les hanches,
elle admirait sa basse-cour, où s'affairaient
les poules, les oies, les canards, les cochons.

3

Le coq et sa poule préférée picoraient au milieu de la cour.
La poule dit au coq :
– Tu manges toujours trop vite.
Fais attention, un jour tu finiras par t'étrangler.

Soudain, le coq aperçut
au milieu du grain un superbe haricot.
Vite, il se jeta dessus et l'avala goulûment.
Mais la graine était trop grosse.
Elle ne voulut pas passer
et resta coincée dans la gorge du coq.

Celui-ci tortilla le cou, secoua la tête, mais rien n'y fit.
Le haricot restait où il était.
Le coq avait beaucoup de mal à respirer
et ne pouvait même plus se tenir debout.

La poule, affolée, courut trouver la jeune fille.
– Mademoiselle la fermière, faites quelque chose !
Le coq va mourir !
Il a avalé un énorme haricot,
qui s'est coincé dans sa gorge.
Donnez-moi vite du beurre, je lui en mettrai
dans la gorge pour faire passer la graine !

La fille de la fermière répondit :
– Cours trouver la vache.
Demande-lui du lait
et apporte-le moi.
Dès que je l'aurai,
je le battrai en beurre.

La poule, sans reprendre son souffle,
se précipita à l'étable.
– Vache, gentille vache, cria-t-elle.
Mon coq va mourir !
Il s'est jeté sur la nourriture
et a avalé de travers un gros haricot.
Donne-moi vite de ton bon lait,
je le porterai à la fermière, elle en fera du beurre,
je graisserai la gorge du coq et le haricot passera.

– Va trouver le fermier dans le pré, lança la vache.
Il faut qu'il me coupe de l'herbe bien tendre
pour que je puisse avoir du lait.

La poule fila aussitôt dans le pré trouver le fermier.

– Fermier, bon fermier, haleta-t-elle,
toi qui prends si bien soin de tes bêtes !
Le coq a un haricot en travers du gosier.
Si on ne lui badigeonne pas vite la gorge
avec du beurre, il mourra étouffé.

– Coupe-moi de l'herbe tendre pour la vache,
je lui porterai ! continua la poule.
La vache me donnera du lait
et la fermière le battra en beurre !

Le fermier répondit :
– Rends-toi à la forge et demande au forgeron
une faux bien aiguisée.
Sans cela, je ne peux pas faucher le pré.

La poule était tout essoufflée,
mais elle prit ses jambes à son cou
pour arriver au plus vite à la forge.

– Forgeron, rends-moi un grand service !
Mon coq s'est étranglé avec un grain de haricot.

Il me faut absolument du beurre
pour lui graisser le gosier, expliqua la poule.
Donne-moi une faux, le maître coupera de l'herbe
pour la vache, celle-ci fera du bon lait crémeux,
la fermière en fera du beurre et le coq sera sauvé.

Le forgeron choisit sa plus belle faux
et la donna à la poule.

La poule porta la faux au fermier,
qui faucha une brassée d'herbe.

La vache mangea l'herbe, donna du lait…
La fille de la fermière en fit du beurre.
La poule courut vers le coq…

… et lui graissa la gorge.

Le haricot glissa sur le beurre,
le coq put l'avaler et retrouver sa respiration normale.

Le coq se leva et lança, tout joyeux :

CO-CO-RI-CO !

Imprimé par Pollina, Luçon, France - L61474 - 06-2012 - Dépôt légal : janvier 2005
Éditions Flammarion (N° L.01EJDNFP2762.C008) – 87, quai Panhard-et-Levassor - 75647 Paris Cedex 13
Loi n° 49-956 du 16 juillet 1949 sur les publications destinées à la jeunesse.